けられている光景もありうるだろう。つまり思考が、アリアドネの糸[*2]を持って、思考自身の迷宮の中を進んでいくとして、もしも人が今、こうしてこの糸が残していった道筋の全体を一望のもとに見渡すことができたならば、そんな光景を目にするだろうということである。[*3]

とはいっても、言葉を結ぶ繋辞は肉体の交接に劣らずに欲情をかきたてる。だから「私は太陽である」と書いたとたん、私は完全な勃起に見舞われる。なぜならば、繋辞の動詞 être《エートル》は、愛の熱狂を運ぶ伝達手段なのだから。[*4]

生命がパロディであり、解釈が不足していることは誰しも自覚

していく自由で鷹揚な世界の自己創造のことを考えている。生命の豊かさがパロディを生むと見ている。もとよりフランス人は、同じ表現の繰り返しにエスプリのなさを感じて、これを好まない。バタイユはそれ以上に生命力不足を見て「がっかりさせられる」。現代のコピー表現など、
的《まと》だ
ろう
のな
かで
おい
て、
うふ
うに
して
処理
この
点を
合
理的な
理
な生命

＊2―
は
「生還の
こ

するところだ。[*5]

たとえば、鉛は黄金のパロディである。

大気は水のパロディである。

金属の輪[*6]は赤道のパロディである。

性交は犯罪のパロディである。

黄金、水、赤道、犯罪は、何に対しても区別なしに、事物の原理として呈示されうる。

そして、もしもこの世界の起源というものが、基底のように見える地球の大地に似ているのではなく、移動する中心的天体[*7]の周りを地球が描く円環運動に似ているというのであれば、自動車、

と。アリアドネは古代ギリシア、クレタ王の娘。アテナイの青年テセウスに恋をし、彼がクレタの迷宮に入って怪物ミノタウロスを退治するにあたって、糸玉を渡して無事に迷宮から帰還できるように手助けした。

＊3― ここまでが「同一化」つまりAとBは同じという「がっかりさせるような」同一物の論理的繋《つな》がりについての指摘である。しかしこれを成り立たせている繋辞（次の訳注を参照のこと）はもっとエロティックで、Bに対するAの愛欲を伝達しているとするのが、このあとの記述である。

＊4―「繋辞《けいじ》」とは主語と述語を結ぶ動詞で、英語ではbe動

置き時計、ミシンなどもまた、生成の原理として認めることができるだろう。

二つの主要な運動は回転運動と性の運動なのだ。両者の運動の結合は、車輪とピストンの合成された機関車によってよく表わされている。

この二つの運動は一方から他方へ互いに変わりうる。その上目にできる例をあげれば、地球は、自ら回転しながら、その上で動物や人間を性交させているし、また（結果として現れることが、原因になったり誘因になったりするように）動物と人間は性交しながら地球を回転させている。

詞、フランス語では être 動詞が代表的。A＝Bにおける＝に相当し、JE SUIS LE SOLEIL（「私は太陽である」）の SUIS が繋辞。日本語では「〜である」と表現される。また「繋辞」にあたるフランス語 copule は古くは「交接」という性的な意味合いも持っていた。バタイユはこの二重の意味でこの言葉を用いている。なお、フランス語の copule は女性名詞であるのにバタイユは男性名詞用の不定冠詞 un および定冠詞 le を付けており、フランス人の彼でも男性・女性名詞の識別を間違えると指摘されてきたが、穿《うが》った見方をすれば、この言葉においてすでにバタイユは男と女の交接を欲しているとも解釈できる。ともかくバタイユによればこの二つの運動の結合もしくは両者の力学的な変化こそ、錬金術師が賢者の石と名付けて探求していたものなのだ。
魔法の価値を持つこの結合を用いてこそ、人間の現在の状況は四元素のなかで明示されるのである。＊8

打ち捨てられた靴の片われ、虫歯、低すぎる鼻、主人に供する食べ物にツバを吐く料理人と愛欲の関係は、ちょうど国旗と国籍の関係に似ている。
傘、六十代の女、神学生、腐った卵の匂い、裁判官のくぼんだ目。これらは愛欲が育つ根なのである。

「省察に忙殺された頭脳」のなかで「繋辞」は思考の道具になって論理的に「AはBである」という同一化を世界全体に押し進めるが、しかしまた暗喩《メタファー》の役割を担いながら「私は太陽である」というパロディ表現を実現して、主語の非理性的な愛欲を述語に運んで交接をめざしていきもする。

＊5— 世界の生命は次々に新たなパロディを作りだしているが、その過程を語る解釈が不足しているということ。バタイユはこのあと円環運動とピストン運動の二つに拠りながら、世界のパロディ創造を語っていく。

＊6— ガリマール社版の全集では cerveau「頭脳」だが、

鵞鳥《がちょう》の胃袋を貪《むさぼ》り食う犬、酔っ払って嘔吐する女、泣きじゃくる会計係、辛子《からし》の入った容器は、異なったものの混交を表している。この混交こそ、愛欲を運ぶ手段として役立っている。*9

ある男が、他者たちのただなかにいると、なぜ自分が彼らの一員でないのか、その理由を知りたくなってたまらなくなる。

しかしその男が、ベッドに入って、愛する女のそばに横たわると、なぜ自分が、自分自身のままであって、今触れているこの女の肉体でないのか、その理由が分からずにいることを忘れてしまうのだ。

一九三一年の原典ではcerceau「金属の輪」なので後者に従った。

*7― すなわち太陽のこと。

*8― 錬金術とは鉛などの卑金属を融合させて金を作り出そうとした化学的試みのことで、西欧側の起源としては紀元一世紀、エジプトのアレクサンドリアに発するとされる。根本にある考え方は自然の模倣である。そして古代ギリシアの哲学者エンペドクレス（紀元前四九〇頃-前四三〇頃）が唱えたような愛欲と憎悪の自然観である。すなわち自然界の四元素（火、水、空気、土）は愛欲によって相互に結びつき、憎悪によって離反して、物を生み出したり、

この理由について何も分からないまま、この男は、知性の暗さに苦しみだす。じっさい知性が暗くて愚かなせいで、彼は叫べずにいるのだ。今、彼の腕のなかで身悶えしながら彼の存在を忘れているこの女こそ彼自身なのだと叫べずにいるのである。

愛欲、子供じみた怒り、老いぼれた田舎寡婦の虚栄心、聖職者ポルノ、歌姫の一人遊び、これらが、ほこりだらけのアパルトマンに忘れ去られた人々をさまよわす。

彼らがお互いの存在を貪《むさぼ》るように探しあったところで、うまくいきはしないだろう。せいぜいパロディ風のイメージしか見つけ出せず、それぞれ鏡像のように空虚な像になって眠りこけるのが

破壊すると考えられていた。錬金術は、前者の愛欲による結合を模倣して、異種の物を結びつけて新たなものの産出を試みるということである。とくに黄金の製造をめざした。「賢者の石」とはこの人間による黄金製造を可能にする魔法の媒体のことである。なお錬金術は、八－一一世紀のイスラム世界で行われた探求が一二世紀の中世西欧に伝わり、一五－一六世紀のルネサンス時代、さらにその後まで継承され、近代化学の出発点になった。

＊9― 異なったものを混ぜ合わせるのは錬金術の基本であり、愛欲によって四元素を結合する自然界の愛欲の模倣であることはすでに述べたが、この異

おちなのだ。

夢も見ずに私の腕にもたれかかり、ぐったり所在なげのこの女は、もはや私の外部にいる人間ではない。それはちょうど私がそこから見たり通ったりする窓や扉が私と無縁でないのと同じだ。私はまた無関心になり（それに乗じて女は私のもとを去っていくことができるのだが）、起きた事態を愛せない無力さで眠りにおちる。

私が女を抱きしめると、女は、誰を取り戻したのか分からなくなる。女が全面的な忘却をかたくなに実現しているからだ。

種混淆はまた西欧中世の根本の生命観であり、教会の図像などにもよく表現されている。バタイユは若いころ、ロマネスク教会堂で瞑想に耽り、またパリ古文書学校で中世の文献研究に専念し、この世界に親しんでいた。他方で、意外なものを合体させて異質な効果を得る手法である「デペイズマン」はシュルレアリスム美学の基本でもあった。バタイユはシュルレアリスム運動に直接関わったわけではなかったが、雑誌『シュルレアリスム革命』第六号（一九二六年三月）には中世フランスのファトラジー（「がらくた詩」と呼ばれるジャンルで、無関係のものを気ままに結びつける詩）数編の現代語訳を寄稿しており、中世と現代をつなげてい太陽系の惑星は、早く回転するレコードのように宇宙空間を周回しており、その中心の太陽もまた、さらに大きい円軌道を描きながら、移動している。それゆえ、これら太陽系の惑星が自分の位置を離れていくとはいっても、これは自分の軌道を走り終えて自分の元の位置に戻ってくるということにすぎないのだ。

運動とは、一個の特定の存在に留まることができず、素早くその存在から別の存在へ移動する愛欲の表情なのである。

この運動が生じるのは忘却次第なのだが、しかしその忘却とは記憶の策略にすぎない。[*10]

る。

＊10― ここまで語られているのは、男女の愛欲が忘却のなかで両者を一体化させるかのように見えるという愛と同一化の問題である。この同一化はつかの間実現したように見えるが、惑星が元の位置に戻ってくるように、忘却が記憶の策略であるように、結局は実現されない。相手に対するイメージは自分の意識が生んだ虚像にすぎない。だが本作品のバタイユはこうして近代人の自己閉塞《へいそく》を確認して済ますのではなく、太陽と肛門というこの上なくかけ離れた存在の間にも生の交わりのありうることを訴えていく。

一人の男が、棺桶《かんおけ》から立ち上がる亡霊のように、突如、起き上がる。そして亡霊と同じように萎《な》えてへたりこむ。

数時間後、彼は再び起き上がり、また萎えてへたりこむ。そんなことを毎日続けているのだ。このような上空の大気との大いなる性交は、太陽と向き合う地球の自転によって統御されている。*11

こうして地上の生命の動きは地球の自転によってリズムを与えられているのだが、しかしそれにもかかわらず、この動きのイメージは、自転する地球ではなく、女性器の中に入り、ほぼ完全にそこから出て、また再びそこに入る男根なのだ。

地上において愛欲と生命はそれぞれ個別的なものに見えるが、

*11― 地球は自転しながら太陽の周りを公転しているので昼と夜を規則的に繰り返す。この地上のリズムに応じて人間は寝床からまるで勃起した男性器のように起き上がり、大気と性交わりに入るかのようになるのだが、やがて萎《しぼ》んだ男性器のように疲れてまた寝床に横たわるということ。

しかしこれはただ、地上の万物が、上下の動きを続けながら様々に揺れ動いて、互いの繋がりを寸断されているからにすぎない。

しかし他方、いかなる上下の振動も、連続的な循環運動と連動しているのだ。これはちょうど機関車が、地球の表面を走っているのと同じである。そもそも機関車は、絶え間ない変容のイメージである。[13]

存在たちが死ぬのは生まれるためでしかない。ちょうど、男根が、女体から出てそこにまた入るのと同じことだ。

草は太陽をめざして立ち上がり、やがて大地の方へ萎えてへたりこむ。

＊12― 勃起して上に伸びたり、萎えて下にへたり込んだりする動き。

＊13― 機関車の車輪の動きは円環運動とピストン運動を絶えず変容させているということ。

樹木は、太陽に向けて無数に花開く男根の幹を大地にそそり立たせる。

樹木はこうして力強く屹立《きつりつ》するが、しかし雷で燃えたり、切り倒されたり、根こぎにされたりする。樹木は大地に戻り、しかしまた他の形態の樹木と同じように再起する。

草や樹木が大気とかわす性の交わりは多様な形態をとるが、一律の形態の地球の自転に依存している。

この自転に合体している有機的生命の最も単純なイメージは、潮の満ち干である。

地球と月との一律な性交であるこの海の動きから、地球と太陽のあいだの多様な形態の性交が生じる。

しかし太陽に向けられた愛欲の最初の形態は、海水の上に立ち上がる雲なのだ。

このエロティックな雲はときおり嵐になり、雨の形になって地球に戻ってくる。その間、雷が大気の諸層を突き破る。

雨は不動の植物の形になってすぐにまた立ち上がる。

動物の生命は全面的に海水の動きから発生している。そしてまた動物の体内では、今なお生命が、塩分を含んだ水から湧き出ている。

こうして海は、男根の興奮のもとで液状化する女性器の役割を果たしてきたのだ。

海は絶えず自慰行為に耽っている。

海水は、エロティックな動きで身悶えしながら、自分の中の個体を攪拌《かくはん》し、これをトビウオの形にして海上へ湧出させる。


勃起と太陽はともに醜悪さで衝撃を与える。死骸と洞窟の暗闇がそうするのと同様に。

植物は一様に太陽をめざしている。逆に人間は、他の動物と違って、樹木のように男根直立型だというのに、必ず太陽から目をそらしている。

人間の目は、太陽にも、性交にも、暗闇にも、耐えられない。

ただし、それぞれの場合で反応は異なるのだが。[*14]

私が顔を充血させると、その顔は真っ赤になって猥雑になる。[*15]この顔は、病的な反射動作によって、充血した勃起を露呈すると同時に、破廉恥な行為と犯罪的な放蕩を欲する渇望を露呈する。かくして私はこう断言してはばからなくなるのだ。私のこの顔は、醜悪《スキャンダル》な衝撃であり、私の情念はイエスヴィオ山としか表現されないのだ、と。[*16]

地球は火山に覆われていて、その火山は地球にとって肛門の役割をしている。

この球体は何も食べていないのだが、ときおり自分の内臓の中

＊14― 人間の目が太陽を直視できないということに関しては、バタイユは一七世紀フランスのモラリストであるラ・ロシュフーコーの言葉「太陽も死も直視できない」を好んでいた。

＊15― 勃起した男根の亀頭のようになるということ。

＊16― 「イエスヴィオ山」（Jésuve）はバタイユの造語で、イエス（Jésus）、特に十字架刑に処され最後に槍で脇腹を突き刺されて出血しながら死んだときのイエスと、イタリアのナポリ湾に面して噴火を繰り返したヴェスヴィオ山（Vésuve）とを結び合わせた言葉。

身を排出する。
その中身はすさまじい音をたてて噴出し落下して、イエスヴィオ山の斜面を流れ落ち、いたるところに死と恐怖を広める。*17

じっさい大地のエロティックな動きは、海水の動きほど多産ではないのだが、はるかに速いのだ。
地球はときたま狂ったように自慰行為に耽る。そのため地上では何もかもが倒壊する。

こんなわけでイエスヴィオ山は、醜悪《スキャンダラス》な噴出の力を、精神の

*17— ヴェスヴィオ山は紀元七九年に大噴火してふもとのポンペイを壊滅させた。

中におさまっている想念にむりやり与えるエロティックな動きのイメージなのである。

噴出力が中に溜まっている人々は必ず社会の下位に置かれる。共産主義の労働者たちは、中産階級の連中には、毛むくじゃらの性の部位や肉体の下の部位のように醜くて、不潔に見える。遅かれ早かれ、彼らから醜悪《スキャンダラス》な噴出が起きて、そのさなかに中産階級の連中の、無性《むせい》で上品な頭は切り落とされるだろう。[*18]

革命と火山は、大災害[*19]であって、星々と愛の営みに入ることは

＊18— このあたり雑誌『ドキュマン』一九三〇年第一号に発表されたバタイユの論文「低い唯物論」の主張がかなり過激に表明されている。

＊19— 大災害のフランス語désastresは語源としてイタリア語のdisastro「悪い星めぐり」を持つが、バタイユはこれらの接頭辞dés、disを「欠落」と理解し「星々の欠如」と捉えて、次の「星々」との関係の不成立を言葉の上から暗示している。

ない。

革命と火山のエロティックな爆発は、大空と真っ向から対立している。

荒々しい愛欲と同様に、革命と火山は、多産と縁を切って生じる。

地上の大災害は、大空の多産に対立している。地上の大災害は、無条件の地上の愛欲のイメージなのだ。回避策も規則もない勃起のイメージ、醜悪な衝撃《スキャンダル》、恐怖のイメージなのだ。

だからこそ私自身の喉元で愛欲が叫んでいる。「私はイエスヴィオ山なのだ。人を盲いさせる灼熱の太陽の汚れたパロディであるイエスヴィオ山なのだ」と。
私はそんな自分の喉を切り裂いてもらいたい。そして「お前は夜だ」と言い渡すことのできた娘を冒したい。
「太陽」は「夜」だけをひたすら愛し、地球へ、その光の暴力を、淫《みだ》らな男根を、差し向けている。だが太陽は、眼差しに、夜に、出会うことができない。地表の夜の広がりが絶えず太陽光の汚《けが》れに向けて進んでいるというのに。*20

太陽の光輪は、一八歳の彼女の肉体の無垢《むく》な肛門なのだ。*21 この肛門と同じほど人を盲いさせ、この肛門に匹敵しうるものは、太陽以外にはない。ただし肛門は夜なのだが。

---

*20— 地球が回転する球体であるため陽光を受けている地表部分とそうでない夜の地表部分との出会いはいつになっても起きないということ。なお太陽が夜を愛しながら、その愛を実現できないことに関してはニーチェが『ツァラトゥストラ』の「夜の歌」のなかで詠んでおり、バタイユはこれを踏まえている。

*21— 肛門のフランス語 anus の語源は「環《わ》」を意味するラテン語の ānus である。

（了）

訳者解題

輝くテクストの前夜にさまよう
——愛欲の孤独と豊饒なるパロディ

魚は、より深い所を求め、人間は、より良き所を求める。しかしながら、人間は時によって、そこがより良くはなく、より悪く、きわめて悪い所であることに十分に気づきながら、より深い所を求めるのである。

なぜそんなことになるのか。説明することはむずかしい。理性の混濁だとか、魂の病気だとか、人はよくそんなことを言う。しかしながら、ともかく、人間が「より良い」ことの代わりに「いっそう深い」ことを置き替える瞬間から、隣人たちは、その人間を理解することをやめ、顔をそむけて、その人間を敬遠しはじめるのである。

（シェストフ『哲学前夜』「序文」、植野修司訳）

1　ある役者の話から

いきなり下《しも》の話で恐縮だが、三〇年以上も前にラジオで聞いた役者の言葉が心に残っているので取り上げてみたい。

伊東四朗という喜劇役者が修行時代のことを振り返ったときに紹介した師匠の言葉である。

下町の演芸場に出るのがやっとといった喜劇の一座に入りたてのころ、座長でもある彼の師匠は、若い彼に、ことあるごとに目を真ん丸にしてこう説教した。

「冷たいご飯を食べて、暖かいウンチを出せるのは、いったい誰のおかげだと思っているんだ！」

含蓄のある言葉だと思う。

貧しい一座だから、炊きたてのご飯を役者の全員に食べさせることなどとうていかなわない。しかし冷たい残り飯《めし》ならば、末端の座員までなんとか支給することができる。

問題はそこからで、「暖かいウンチを出せる」という言葉が深いのだ。

その人が生きているからこそ、冷たいご飯を暖かい大便にして排泄できるのである。生き生きした肉体を通過しているからこそ、冷飯《ひやめし》、つまり貧困の象徴であるこの冷たく固まった食べ物が、暖かくて弾力のある品物へ、フロイトの解釈を借りれば、黄金の贈与物へ、変化して現れたのである。

これは誰のおかげなのか。

座長のおかげなのだろうか。それとも下町の演芸場に足を運んでくれる観客のおかげなのだろうか。あるいは当時二言目《ふたことめ》には言われていた「お天道様《てんとさま》のおかげ」、つまり大空に輝く太陽のおかげなのだろうか。

伊東四朗はラジオでは何も語らなかった。ひたすらこの座長の説教を繰り返しながら、すごみのある言葉だったと詠嘆して回想するばかりだった。

2　ゼロ度の理解から

さて『太陽肛門』である。

この奇妙きてれつな題名の作品によって、作者ジョルジュ・バタイユ（一八九七―一九六二）はいったい何を言おうとしているのか。

題名のフランス語（L'anus solaire）を直訳すると、太陽的な肛門、となる。肛門は太陽のようだ、ということなのか。となると、どうやら作者は肛門のことを讃《たた》えたいらしい。

しかしそれにしても、肛門を讃えるのになぜ太陽を引き合いに出すのか。そもそもなぜお尻の穴をそんなに讃えねばならないのか。疑問はどんどん湧いてくる。

そもそも『太陽肛門』の最初の断定表現「世界が純粋にパロディであるのは明白なことだ」からして、にわかに同意できない。ほんとうにこの世の中がそうなっているのか、どうして「明白だ」などと言い切れるのだろう。さっぱり理解できない。

自分のことを「私は太陽だ」と叫んだり、「イエスヴィオ山」だと言ったり、作者はもう完全に彼岸に呑《の》まれているのではあるまいか。

火山の火口は地球の肛門で、そこから糞便を大空へ撒き散らすとか、太陽の光は男根だとか、その光輪は一八歳の女の肛門だとか、言いたいことを言っているようだが、しかし三〇歳も間近になって、こんなことを書いている男は危険ですらある。はやくお医者さんに診《み》てもらったほうがいい。

じっさい、幸か不幸か、最初に原稿を読んだ作者の友人が医者を生業《なりわい》にしていて、その知人の精神科医へ作者は回されたのである。そしてそれから一年近く精神治療が続いたのだ。「この治療のおかげで、私はまったく病的な人間から何とか生きていける人間に変わりました」と六五歳で他界する前年に受けたインタビューでバタイユは回想している（拙訳『純然たる幸福』所収の「シャプサルによるインタビュー」）。（精神治療の開始時期については、一九二五年あるいは一九二六年とする説もある。私はバタイユ自身が一九五八年に執筆した「自伝抄」に依拠して一九二七年と考えている）。この治療の一環で書かれた文章の一つに『眼球譚』（新訳では『目玉の話』）がある。これもまた、とてつもなく常識はずれの小説だ。しかしまだ文章は何が書かれているか理解できるし、ストーリーも追える。登場人物もそれなりに描き分けられている。

こちら『太陽肛門』の方ははるかに不可解だ。何を言おうとしているのか、いっこうに作者の主張が見えてこない。本人の言葉をそのまま借りれば「病的な人間」であったころの書き物なの

『太陽肛門』出版まで

一八九七年	0歳	9月10日ビヨンに生まれる
一九一四年	17歳	カトリックに入信。病気の父を見捨てて母と二人で疎開
一九一五年	18歳	父ジョセフ死去。世界大戦への動員を挟み、友人曰く修道士のごとき生活
一九二〇年	23歳	ベルクソンを読み、「笑い」に意識を向ける。この頃から徐々にキリスト教信仰を喪失していく
一九二二年	25歳	古文書学校を卒業。パリ国立図書館に就職。この頃ニーチェを読む
一九二三年	26歳	シェストフに師事（約二年間）
一九二四年	27歳	レリス、マッソンらとの出会いと交流。娼婦街に入り浸る生活
一九二七年	30歳	1月『太陽肛門』執筆。読んだ友人から精神治療を勧められ、ボレル博士の精神分析を約一年間受ける
一九二八年	31歳	『眼球譚』（初版）出版
一九二九年	32歳	『ドキュマン』発行開始
一九三一年	34歳	『ドキュマン』休刊。バタイユは編集から降りる。11月『太陽肛門』出版

である。だから、あえて取り上げる価値はないとする立場もあるだろう。そもそも、皆、日々の生活に追われていて、こんな社会性のない作品にかかずりあっていられるほど暇ではない。

しかし作者は、執筆から四年後の一九三一年に一〇〇部限定ながら、あえてこれを出版した。彼は何かを伝えようとしている。その言い回しが、あまりに独特で、一般性がないから、メッセージが伝わらないだけなのかもしれない。

作者は何か大切なことを言おうとしている。その文言は異様に輝いている。こんな感覚を持つ読者もおられるだろう。そうした読者の方々に私は語りかけたい。ゆっくりと、蛇行しながら語りかけたい。「月がとっても青いから、遠回りして帰ろう」。今よりはるかに物が少なく、皆必死に働いていた時代に、こんな楽しげな歌詞の曲が大流行していた。どこか心に余裕があったのだろう。遠回りに値するほど『太陽肛門』は深く考え抜かれて書かれている。単なる衝動や発作の文筆ではない。これは、文章の推敲《すいこう》や構成の次元のことだけでなく、内容に関しても言えることだ。『太陽肛門』の根底には西洋の文化史、哲学史が踏まえられている。作者の個人史からくる、抑えようもない主題も仄《ほの》見える。私に言わせれば、泣けてくるような愚直さが行間から溢れ出ている。いい歳をした大人になってもまだこんなことを語る、痛ましいほどの正直さ。

私自身は二四歳のときに初めて『太陽肛門』を読んだが、このとき個々の言葉があまりに強烈に眼に飛び込んできたことを覚えている。と同時に、それらを繋《つな》ごうとするバタイユの意図もまた感じられた。一見してかけ離れている多様なものを結合するというのがこのテクストに込めたバタイユの思いだと受け取った。その後、私はバタイユ研究に取り組み、『太陽肛門』から読み取れることも徐々に増えていった。今、このテクストを新たに訳し終えて、執筆当時のバタイユに影響を与えた様々な背景（例えばロシアの哲学者レフ・シェストフの影響）に眼差しを向け、今度はこの私がそれらを繋げてみたいと思っている。

遠回りを許す、いや求めてさえいる作品である。急ぐことはない。ゼロ度の理解から作品のほうへさまよい出てみよう。作品は輝いているが、あたりは朧《おぼろ》で遠目はきかない。光源めざして、夜道の散策をしばし一緒にお付き合いいただきたい。

3　世界と私の合作だというのに

私たちは、特定の人の「おかげ」になっていないときでも、外部の広大な世界を取り入れて生きている。それだけでなく、取り入れたものを外へ排出している。空気も水も食べ物も別なものに変えて体外へ出している。

広い視点に立てば、私たち個々の存在は外部のものの通過点にすぎない。この通過点を通ると、外のものは別のものに成り変わる。早い話「暖かいウンチ」になる。このように別様に変化するのは、私たちが生きているからにほかならない。この「別のもの」は生命の証《あかし》なのだ。外の世界と私たちの内部の生命の合作なのである。

しかし排泄物に対して、常日頃こうしたことを思って暮らしている人は少ない。逆に、捨て去るべきもの、見せてはならないもの、話題にしてはいけないもの。そう思っている。否定的にこの「別のもの」に対応している。なぜなのか。

人間だれしも自分のことを中心に考えて生きている。それは、生き延びたいからである。死にたくないからだ。人間の場合、この生への衝動に意識がともなった。人間は、自分個人の延命のために意識を働かせ、どうすれば明日も明後日も生き延びることができるようになるかを考え、道具をあみだしながら、これを使って、一日でも長い命の存続に努めてきた。

この傾向が著しく進展したのが、西欧の近代社会にほかならない。一七世紀の科学革命、一八世紀の産業革命と政治革命をへて、一九世紀に西欧の近代社会は花開いた。そこで第一に目指されていたものこそ、個人の幸福、つまり近代社会の成員一人一人の安らかな延命だったのである。

この傾向はさらに発展した。個人の人権と自由を保障する法制度の整備。個人でも生きやすいパーソナルサイズの設備と治安と衛生が行き届いた社会環境作り。そして個人の寿命を可能な限り延ばそうとする医療の進歩。こうしたことが近代社会では二一世紀の今日まで熱心に追求された。中世のフランスでは二五歳前後だった平均寿命が、今や先進諸国では男も女も八〇歳前後まで延びている。

4　近代社会の陰で

しかしこの陰で延命に役立たないものは冷たく扱われた。排泄物はその最たる例だろう。単に臭うから、色と形状が醜いから、冷遇されてきたのではない。フランスの熟成したチーズなどものすごい臭気を発するし、日本の干し魚の一種「くさや」も、まさにそのものの匂いがふんぷんとするが、立派な食物として通っている。カレーや、刻《きざ》みを入れてこんがり焼かれた太めのソーセージを食べるときに、あの「別のもの」を想像する人はほとんどいない。これらの食物が根本的に食べて安全で生命の維持に役立つという認識があるからだ。「役に立つ」という基準が前提になって作用しているため、どんなに異臭を放っていても、色や形がどんなにあの「別のもの」に似ていても、愛されるのである。逆に排泄物は「役に立たない」という基準が影響して、嫌われる。この基準がものを言って、匂いや色味、姿への嫌悪がよりいっそう助長される。

排泄物への嫌悪はトイレを衛生的な場へ、美しくすら感じられる世界へと変えた。

パリでは一九世紀の半ばから都市改造が大規模に進められた。中世以来この大都会は幅の狭い路地が右に左に褶曲《しゅうきょく》しながら入り組んで伸びて、街の通気がきわめて悪かった。そのうえ、道路の中央の細い溝へ、両脇の人家から日々桶《おけ》に入った大小便が捨てられ、馬車を引く馬の糞尿もひっきりなしに垂れ流されていた。この溝の排水も悪いので、まさに糞詰まりになる。クソが目立つために「大グソ通り」、「丸グソ通り」など大便にちなんで街路名が付けられたほどだ。

一九世紀半ばのフランスの支配者、ナポレオン三世皇帝はパリの真ん中のルーブル宮殿に住んでいて、パリの異臭に嫌気がさしていた。朝、窓を開けると、その種の匂いが入ってくるのではたまらない。伝染病の原因にもなるから、彼は、県知事のオスマンに命じてパリの近代化を推進させた。古い家並みが次々に壊されて、幅の広い直線状の街路が縦横に切り開かれ、下水道が整備されていった。「別のもの」の臭気をできるだけ抑え、その存在もできるだけ迅速に水に流して眼前から消し去ることに狙いがあった。

一九二〇年代から三〇年代にかけてバタイユの書き物にはスカトロジックな言及が多くなる(例えば一九二八年出版の『眼球譚』の筆名ロード・オーシュは「小便をする神」の意味であるし、続く雑誌『ドキュマン』には「低い唯物論」の視点から排泄行為が語られる)。これも巨視的に見れば、こうした近代の衛生化とそれを支える「役立つ」ことへ突き進む社会の対極として、スカトロジックなものに注目する意識がバタイユにあったからだろう。

5　近代の暗部

「役に立つ」という視点、そしてこれを支える人間の自己中心主義は恐ろしい。役に立たない人間、役に立たない人種という考えを生むからである。そのようにして否定された側が差別され、虐待を受けることは、じっさい、人類の歴史のなかで起きてきたし、今も起きている。

そもそも教育が恐ろしい。既存の社会の価値観に染まった成人がその社会で生きていけるように子供を育てるのだから。先進諸国は近代化の過程でそれぞれに国民教育に徹してきたが、「役立つ人材」の育成、そして役立つ度合いに応じて人間が優遇される社会のシステムが、その陰で「役立たない人材」への軽視あるいは蔑視を生み、人々の間に心の乖離《かいり》を、さらには互いへの反感を、どんどん募らせている。目下、欧米諸国で日常化しているテロリズムも、宗教上の対立を表に見せながら、内実では、それぞれの先進社会で「役立たない」と見なされた若者たちの怨恨《えんこん》感情を温床として持っている。

排泄物への嫌悪は、問題として孤立しているのではなく、差別、虐待、戦争、テロリズムといった社会の暗い面につながっている。役立つことに基底を置いた自己中心的な社会問題とつながっているのだ。

幼少時からバタイユは、人一倍、この暗い面の入り口に立っていた。「役に立たない」父親のそばでその無用ぶりを汚物とともにいやというほど突きつけられながら生きていたからである。

もちろん幼少時にはまだ近代の暗部を意識するには至っていなかったが、後年、排泄物の意義を噛みしめるようになる。そして、そこから撤退した自分を強く恥じながら、近代の闇を見据えるようになる。

6　バタイユの父親

バタイユの父親は、バタイユが生まれる前に梅毒に罹《かか》り、全盲になっていた。梅毒の進行で脊《せき》髄癆《ずいろう》を病むと、下半身の自由も奪われていった。椅子に座ったきり、押し寄せる疼痛《とうつう》で不気味な叫びを発し、正気も失って、失禁を繰り返すようになる。幼いバタイユはこの悲劇的な状況のなかで父親の世話をした。

時は「ベル・エポック」（麗《うるわ》しき時代）で、大都市を中心に近代化が推進され、「役に立つ」ことが尊ばれていた。衛生観念が行き渡るようになった時代である。どんどん役立たずになり、糞尿にまみれて死へ向かっていたバタイユの父親はこの近代の時流に逆行する。

どのように介抱しても病は進むばかりで、バタイユは次第に父親への嫌悪を募らせていった。母親は悲観して自殺を何度も試み、家庭は崩壊の一途をたどる。そこへ第一次世界大戦が勃発し、ドイツ軍は電撃的に進軍して彼らの住む北フランスの大都市ランスへ迫った。内を見れば家庭は崩壊、外を見ても世界は戦乱の世である。もはやこの地上に救いは見出せない。少年バタイユは精神の支えを天上へ求めた。世界を救済するはずの天上の父なる神。このキリスト教神は、どの信者にとってもそうだったが、とりわけ少年バタイユにとってはぜひとも縋《すが》りたい理想の父親像だったろう。そしてこの神への優しき執り成し役である聖母マリアは母親の理想像だったと言える。その聖母マリアに捧げられたランスのノートル・ダム大聖堂で、彼は、一九一四年八月、すなわち一六歳最後の月にカトリックに入信した。そしてその直後、ドイツ軍の侵攻が時間の問題になるなか、バタイユは、父親をランスに置いたまま、母親とともに彼女の故郷へ旅立った。前線から遠く離れたフランス中部山岳地帯、オーヴェルニュ地方の小村リオン＝エス＝モンターニュへ逃避したのだ。

7　中世の教会堂のなかで

この村には、聖人ジョルジュに捧げられた中世ロマネスク時代の教会堂が立っていた。この聖人は、龍を退治して王女の命を救った伝説上の将校で、西欧中世では十字軍の遠征とともに遍歴騎士の鑑《かがみ》として崇拝されるようになった。バタイユの名前もこの聖人にちなんで付けられたのであり、彼の中世騎士道への関心の原点にこの聖人がいると言いたいところだが、それはともかく、一一世紀に建立されたこのサン・ジョルジュ教会堂のなかで、若いバタイユは日々、祈りと瞑想に沈潜した。そのあまり、堂守が鍵をかけるのにも気づかず、夜、堂内に閉じ込められることもあったと、疎開先での彼の生活をよく知る友人の一人は証言している。その後の彼の生活からは考えられないほど敬虔な、修道士のごとき生活を送っていた、と。

若いバタイユは、父親を遺棄した罪を十字架上で苦しむイエスに託して贖《あがな》ってもらおうとしたのである。パウロの「十字架の神学」によれば、イエスの十字架上での死の苦しみは、天上の神が人類の罪を浄めるために処した身代わり行為だったとなる。このキリスト教の救済の教義にバタイユは縋《すが》っていたのだ。その父はドイツ軍の爆撃が続くランスで家族の名を呼びながら病死した。この知らせを受けてからバタイユはいっそう罪の意識で引き裂かれることになる。

8　運命から逃げる

その傷は何年たっても忘れられなかった。およそ三〇年後の一九四三年に出版した小著のなかでもバタイユは、当時のカトリック入信を振り返って、こう述べている。

私の信仰は逃避の試みでしかない。私は何としてでも運命から逃げたかったのだ。そうして私は父を「ランスへ」捨てたのだ。

（『息子』）

この逃避は、彼にとっては自分を守るということであり、個人を存続させようとする近代の方へ走ったということである。この意味で彼のカトリック信仰は、近代に適合する方向性を持っていたと言える。罪の意識で引き裂かれた個人の精神を立て直して「役立つ人材」へ蘇生させるという精神科医の治療のような意味を持っていた。

となれば、キリスト教の救済の教義が機能しなくなると、彼の自己はたいへんな状況に陥《おちい》るということである。本当の精神科医の治療が必要にさえなるということだ。そしてじっさい、そうなった。

バタイユは、カトリックに入信してからおよそ五年後、パウロによる「十字架の神学」が単なる知的な説明にしか思えなくなるような、理不尽で圧倒的な力の体験を意識するようになる。二三歳になる一九二〇年九月、ベルクソンの小著『笑い』を読んで笑いの体験に意識を差し向けるようになったのだ。先述したように、近代人の通常の意識は自分自身の延命にばかり向けられている。だがバタイユは逆にこのときから、笑いの体験が意識を自己の外へ、個の救済のためのキリスト教の教義の外へ、運んでいくのを感じるようになった。キリスト教はもはや絶対の支えではなくなってしまったのだ。それとともに彼はエロスの衝動に身を任せて、淫楽に耽るようになる。こうして棄教に至るわけだが、その経緯に関しては一九四三年出版の『内的体験』の第三部「刑苦の前歴」や一九五三年の講演「非-知、笑い、涙」などに彼自身の記述があるし、拙論（『夜の哲学――バタイユから生の深淵へ』第二章「悲劇を笑えるか」）などにもまとめてある。

9　シェストフの教示

バタイユにとってキリスト教から離脱することは、再び、キリスト教入信前の危機的な精神状況へ舞戻ることを意味する。

冒頭で紹介したインタビューでの回想によれば、バタイユは一九二七年に『太陽肛門』を執筆したこの時期の自分を「病的な人間」とみなしている。同時に、当時の彼は「陽気な破廉恥漢」(le cynique joyeux) になろうと欲していた。精神の不安定さはたしかに病的ですらあっただろう。だがそれは、弱さや逃げの姿勢からではなく、キリスト教の教義のようなしっかりした支えがないままに、不合理な力を生きて近代に挑むという困難な姿勢に起因している。

もちろんバタイユとて一人の人間であり、しかも近代文明にいやがおうでも染まっていたわけで、個人の延命へ意識を差し向けていた。しかしそれにも関わらず、彼は自己から意識を離脱させて、大いなる力のなかに人間が置かれて生きていることを、身を呈して示そうとした。

その彼に哲学の面から影響を与えた人物がいる。

レフ・シェストフ(一八六六―一九三八)である。

このロシア人哲学者は、厳しくなる一方のロシア革命政権の思想統制を嫌って一九二一年フランスへ亡命し、二二年からはパリのサラサーテ街に居を構えて、文筆と講壇の両面で旺盛に活動を再開していた。若いバタイユは、運よく一九二三年から二年ほど、三一歳年長のこの初老のシェストフ(フランス語も堪能だった)から私的に教示を受けた。シェストフの作品『トルストイとニーチェにおける善の哲学』をシェストフの長女と共訳するかたわら(一九二五年に刊行)、バタイユはシェストフ論の執筆に向かっていた(この試みは実現されなかったようだ)。こうした経緯の詳細については拙論にまとめたので、参考にしていただければと思う(「若きバタイユとシェストフの教え――「星の友情」の軌跡」、法政大学言語・文化センター紀要『言語と文化』第一五号（二〇一八年一月発行）所収、http://repo.lib.hosei.ac.jp/bitstream/10114/13687/1/gengo_15_sakai.pdf）。

一九二〇年代のフランスの思想界において、シェストフの哲学はきわめて斬新で刺激的だった。ここではバタイユにとって重要だった基本的な点を三点に絞って紹介しておく。

まず一つ目に、この世に絶対的な真理など存在しないと、ことあるごとにシェストフが力説していたことがあげられる。もっと正確に言えば、哲学を近代科学のような真理探究から解放したということだ。彼の言い分はこうである。1＋1＝2のような、どの時代においても正しい真理はたしかに存在するが、それは広大なこの世界と歴史のなかの一つの現象にすぎない。しかるに近代科学の隆盛に押されて、哲学もそのような近代科学がめざす真理に探究を差し向けている。とくに大学などのアカデミックな教育機関で講じられる、学問化した哲学はそうだ。もちろん真理探究としての哲学は近代に始まったわけではなく、遠く古代ギリシアのソクラテスにまで遡《さかのぼ》ることはシェストフも重々承知している。しかし近代の哲学者も哲学研究の徒もまるで絶対的な真理を明らかにせねばならないという強迫観念に駆られているかのようである。それしか視野にないかのようなのだ。これは正しくない。真理なき世界へさまよい出るべきだとするのが、哲学に対するシェストフの基本的な主張だった。

その際、彼が典拠したのはニーチェが記した言葉「何ものも真ではない。すべては許されている」（『道徳の系譜学』第三部「禁欲主義的理想主義は何を意味するのか」、第二四番の断章）である。これは、ニーチェによれば、パレスチナに遠征した十字軍が当地で出会って知ったイスラムの暗殺者集団の秘伝の言葉だという。ニーチェいわく、この言葉こそ「精神の**自由**」であり、この言葉によって、「真理そのものに向かって**信仰の破棄**が通告されたのだ。キリスト教的なヨーロッパの自由精神がかつてこのような命題とその**帰結**の迷路に迷いこんだことがあったろうか」となる。

シェストフはその代表作『悲劇の哲学――ドストエフスキーとニーチェ』のなかでこの言葉を引用しているが、棄教してまもない若いバタイユはまさにこの真理なき迷路のなかをさまよったのだ。それも陽気に、である。このころの、つまり一九二三年ごろのバタイユの友人で、将来、文化人類学者になるアルフレッド・メトローによれば、二人はよくパリの街路を夜明けまで歩いて語り合ったが、そんなおりバタイユは、今しがた引用したニーチェの言葉を引き合いにだしながら、彼にこう教唆《きょうさ》したという。「勇気をだして陽気な破廉恥漢になりたまえ。君自身そういう人間なのだから」。当時、バタイユは「陽気な破廉恥漢」と題する小説を書こうとしていたらしい。イスラムの暗殺者集団には及ばないものの、浮浪者を殺害する話であったようだが、完成はされなかった。

この「破廉恥漢」（le cynique）という言葉には、シェストフの二つ目の教えの跡が見える。キュニコス派（le cynisme）、あるいは犬儒派《けんじゅは》と呼ばれる古代哲学の流派に関する教えの跡である。キュニコスという名称は、一説によれば、この派の哲学者が「犬のような」生活を都市の住民の前でこれ見よがしに送っていたことによる。ソクラテスの弟子のアンチステネスに始まり、ディオゲネスにおいては街中で自慰行為に耽ったと伝えられるなど極端な傾向に走った一派である。

キュニコス派に共鳴したバタイユは、「陽気な破廉恥漢」たろうと欲していた。そして文筆でこれを表現しようとしたが、論文も小説もろくに完成できずにいた。学術論文ならば作成できたが（勤務先のパリ国立図書館・賞牌《しょうはい》部門の関係で彼は古銭学の論文や書評を発表していた）、自分自身の思想の表現となると、うまくまとめられずにいた。

この点をよく見ていたのがシェストフである。彼の教えで重要な三つ目の点がここにある。直接的な暴力を超えていけという忠告である。バタイユの回想を引用しておこう。

今日私は、彼に耳を傾けて学んだことを思い出して、感動に襲われる。人間の思考の暴力は、思考の完遂でないのだったら何ものでもない。彼はそう私に説いてくれたのだ。私はすでにロンドンで最初からこの暴力の果てを垣間見たのだったが、シェストフの思想は、そこから私を引き離した。ともかく私は彼と別れねばならなかった。とはいえ、当時、いわば悲しき錯乱によってしか自分を表現できずにいたこの私に対して彼が払ってくれた忍耐に私は敬服している。

（バタイユ「一九五〇年代の草稿」より）

ここで言う暴力とは人間の内部から押し寄せる抗《あらが》いがたい力のことで、ロンドンで最初にこれに見舞われたとあるのは、ロンドンで老ベルクソンとの会食の機会に恵まれて、その準備のために彼の『笑い』を読んで脱自へ意識を運ぶこの笑いの力の動きにわずかにも自覚的になったことを指している。以後、バタイユは信仰を徐々に失っていき、「悲しき錯乱」に陥《おちい》って自己表現できなくなっていく。シェストフによって、真理なき世界へのさまよいとキュニコス派の挑発的な哲学を知って「陽気な破廉恥漢」をめざすようになっても、表現に関しては「悲しい」不毛状態のままだった。

バタイユがシェストフの元を離れたのは政治思想の面でも表現の面でもよりいっそうラディカルなシュルレアリスムの集団に心惹かれたことに一因があるのだが、しかしそちらに接近しても彼はむしろ思考の直接的な暴力にとらわれていた。ダダイズムの全面否定の感情にとらわれていたということだ。「シュルレアリスムとの関係で当初生じた障害の一つは、私がシュルレアリストたちよりもずっとダダであったということ、少なくとも彼らがもうダダではなくなっているときに私はまだダダであったということによるのです」（「シャプサルによるインタビュー」）。

それでもシェストフと別れてから二年足らずの一九二七年に、バタイユはようやく文筆のめどがたってきたのである。その最初の作が『太陽肛門』だった。もちろんシェストフが忍耐強く諭していた「思考の完遂」に至ったうえでの作品ではまったくない。そのような境地にバタイユが達するのは、一九三四年から三九年までコジェーヴのヘーゲル講義を経たのち、つまりヘーゲルの「絶対知」を超えるかたちで「非-知」なる概念を一九四三年刊行の『内的体験』の第二部「刑苦」で披瀝《ひれき》できるようになってからである。それまではまさに「刑苦の前歴」だった。

10　この世界にあるのは解釈のみ

繰り返すが、『太陽肛門』はシェストフの教えを受けたあとの最初の作品である。シェストフの思想の単なる反復ではない。新たなことが語られている。そこにはまた中世の文化、ニーチェの哲学も大きな影響を与えている。そして父親への追憶と幻想も影を落としている。

衝動的な作品ではなく、よく練られた複雑な作品である。脈絡のある記述にはなっていないのだが、そこにはキュニコス派の哲学者のように衝撃を与えようとする意図がうかがえる。論証の手続きを踏んでいないから哲学ではないとは言い切れない考察の深さが文言の背後にある。過激な幻想詩のようにも、寸鉄を差し出す哲学の断章のようにも見えるが、ちょうど植物、動物、人間の識別ができない中世ロマネスクの柱頭彫刻のように、詩の輪郭線、哲学の輪郭線が半ば溶かされている。

思考の「暴力」が輪郭線重視の美学、つまり理性的な西欧古典主義の「線の美学」を壊しているわけだが、その思考はこの作品ではおよそ次のようなテーマを巡って動いている。まずパロディだ。そして独特の世界観（回転運動とピストン運動で世界を見ていく）。そして合一を求める愛欲。さらにその合一の不可能性。

ここではともかくパロディを中心にして、その背後にある思想を追いかけてみよう。

「世界が純粋にパロディであるのは明白なことだ」。冒頭の一文である。これはシェストフ経由で入ってきたと思われるニーチェの『道徳の系譜学』の言葉、つまり先ほど引用したムスリムの暗殺者集団の言葉「何ものも真ではない。すべては許されている」が下敷きになっている。ニーチェはさらに『偶像の黄昏《たそがれ》』の重要な一節の末尾でこう語っている。

真の世界をわれわれは廃絶してしまったのだ。で、どんな世界が残っているのか？　ひょっとしたら仮象の世界が残っているのでは？　そんなばかな！　真の世界とともにわれわれは仮象の世界をも廃絶してしまったのである。

（ニーチェ『偶像の黄昏』「いかにして「真の世界」がついに作り話になったか」西尾幹二訳）

真の世界と仮象の世界（本質の世界とそこから生じる様々なかりそめの現象の世界、神の国と神が創造したこの世界）という対比は真の世界が存在するという前提があってこそ成立するのである。真の世界が作り話にすぎないとなると、存在するのは、ただの現象だけ、存在物だけ、つまり我々の目に見える世界だけになる。

しかしここで誰かが、この現象は重要なのだ、この存在物は何よりも大切なのだと言い出したら、どうなるだろうか。再び、価値の優劣ができてしまうだろう。真なるものと仮象、神とその被造物といった二元論に準じる価値の体系ができてしまうだろう。例えば神への信仰がなくなった近代社会においても、独裁者への信仰が生まれて、キリスト教社会と似たような階層社会ができあがる。

ならば、どれも同じような価値を持つとして等しく尊重したらいいではないか。起きてしまった現象、この世に生まれ出た存在者をみな重視すればいいではないかという主張が提起されるだろう。事実重視の見方、実証主義の見方である。例えば近代の歴史学では、書かれたものを証拠として重視する見方が長いこと主流をなしていた。しかしこの場合、問題なのは、事実の方を重視して、事実になっていないものを軽視するという価値の優劣が生じてくることだ。口に出しただけのこと、単に心の中で思っただけのことは価値がないということになる。表明されなかった疑いや告白されなかった恋愛感情は重視しなくていいとなるわけだ。歴史はむしろそんな目に見えないものに動かされているのかもしれないのに。

したがって、何にしろ、これが重要だ、これが大切だという人間の見方それ自体をあらかじめ相対化しておく必要がある。何かを重視し特別扱いするこの見方自体が正しいとして不問に付しておくから、優劣の世界観が生じてしまうのである。あるのはただ人間の見方、それによる解釈だけなのだ。ニーチェはそう考えた。

ニーチェはさらに考える。解釈は、結局、解釈を打ち出す人の生命欲に関わっていると。つまり自己保存に徹する人であれ、脱自に憑《つ》かれた人であれ、解釈の根底にあるのはその人の生命の強度だというのだ。そして生命の強さは変化する。生命力が強く激しいときもあれば、弱く萎《な》えているときもある。変化は一刻一刻起きているし、日によって、季節によって、あるいは疲れや病気によって、はたまた肉体の成長によって、多様に生じうる。それに応じて解釈も異なってくる。例えば同じ音楽を聴いても、以前は感動したのに今は感動しない。しかしまた次の日になったら心をひどく揺さぶられたという経験は誰しも持っているだろう。

生命は変化している。その変化に応じて解釈も変わってくる。生命の新たな流れに対応して既存の解釈も更新されていく。

ニーチェはこうした生命力による解釈の変化をさらにパロディという視点から捉えてもいた。

パロディとは既存のものの模倣ではなく、それを茶化したり笑ったりして権威を失墜させ、別の、似て非なる解釈を打ち出す表現形式である。似ていることで笑う対象が何であるかが人に伝わる。まったく別の表現では何を笑おうとしているのかが分からないし、そっくりそのままだと笑いは生じない。

では笑いによる効果は何なのか。既存のものが神のように君臨する可能性を阻むことにある。自分が打ち出したにしろ、他人が打ち出したにしろ、既存の解釈が、心の中で、あるいは社会の中で、形骸化したまま君臨することはよくあることだ。

パロディは神にはならないはずである。パロディを新たに打ち出したとしても、パロディであるのだからオリジナリティを盾にして権威を振りかざすことはできない。それにもかかわらず多数の支持や巧みな戦略で同時代の価値観を支配することはありうる。しかしそれでもそのパロディは、新たな生命力が放つ新たなパロディによって更新されていく運命にある。

11　中世のパロディが教えるもの

ニーチェはパロディのテーマをまずはじめゲーテなど先達の文学者たちと同様に芸術の表現形式と捉えていたが、一八八〇年以降の後期の作品では西欧中世から捉え直すことを試みている。バタイユはシェストフがフランスに亡命し文筆で注目を集め始めたころにニーチェの作品を読みだしている。彼が最初に紐解《ひもと》いたのは後期の代表作『善悪の彼岸』だった。後年、彼が編んだ

『ニーチェ覚書』には『善悪の彼岸』からいくつも断章が引用されているが、そのなかの一つには中世のパロディに関する断章もある。短いながら意味するところは深い。

それぞれの哲学には、哲学者の「信念」が舞台に現れる地点がある。その地点では、古い神秘劇の言葉を借りれば、次のようなことが起きる。

美しくて、たくましい
ロバが、現れる

（ニーチェ『善悪の彼岸』断章八番）

一読して何が書かれているのか不明だと思うが、「古い神秘劇」とは中世のゴシック大聖堂などで大衆向けに催されていた演劇で、パロディが自由に演じられていた。イエスがエルサレムに入城したときに乗っていたロバがそのままイエスのパロディとして舞台に登場させられたりしたのである。同様に、善悪の此岸《しがん》に留まって善と悪の優劣にこだわる哲学者もその「信念」をパロディの舞台に乗せて、新たな発想を生みだすべきだとニーチェは言いたいわけだ。

この神秘劇は、中世の都市で年末から年始にかけての「愚者の祭り」（「ロバの祭り」とも）に際して行われていたのだが、この「愚者の祭り」の源は、古代ローマの農村部で挙行されていた異教の祭り「サトゥルヌス祭」にある。そこでは奴隷が王を演じるなど権威ある上位者が貶《おとし》められ、下位の存在が高められる逆転と転覆が生じていた。ちょうど農耕において、養分を含んだ土を掘り起こして、表面の痩せた土を下へ埋めるのに似ている。生命の更新への農民の欲求が原点にあるのだ。自然界すべてのものが、新生児なり新芽なり、新たなものを生んで生の刷新をはかっている。この動きにじかに接していた人々の心に生じた欲求だったのである。

ニーチェは、パロディの問題を、このように自然観に根ざした上下転覆の伝統と慣習に立ち返って捉えていた。バタイユは、そのようなニーチェに共鳴していたわけだが、しかしそれ以上のものを中世から汲み取っていた。合一への強い欲望である。エロティックで、猥雑なほどに強烈な愛欲である。シェストフは、哲学を非理性へ差し向けたが、しかしエロスの生々しい次元まで念頭に置いていたわけではない。バタイユはエロティックな情愛にまで哲学を開いて、パロディを捉えていった。

12 太陽のパロディ

「存在」は哲学の重要な概念である。この概念を名詞として理解するか、動詞として理解するかで、だいぶ哲学の在り方は違ってくる。一九二七年出版の大著『存在と時間』においてハイデガーは、プラトン以来の哲学の主流は名詞としての「存在」、つまり個物のように一人二人とカウントできる「存在者」と同義になっていたが、自分は「存在者」の存在様態、つまりどのように存在しているかという動詞的な意味での「存在」に注目して哲学を刷新すると主張した。

一九二七年執筆の小品『太陽肛門』においてバタイユもまた動詞的な意味で「存在」を理解し

ている。冒頭の断章において彼は繋辞《けいじ》の言葉として「存在」を表すフランス語être《エートル》、英語のbe動詞にあたるこの動詞に注目している。

ライン川を挟んでドイツの新進の本格派哲学者とフランスの「不定形の」新参文筆家が同じ時に「存在」概念を物から解こうとしていたのだが、両者の間にやりとりがあったわけではなく、これは単なる偶然の一致にすぎない。しかし大きな視点に立てば、個人の育成と延命にしろ新たな製品の制作にしろ、物を中心にした近代の物質文明が第一次世界大戦の悲劇によって根源的に疑われるようになったということが共通の思想の基盤をなしていたと言えるだろう。

繋辞とは「AはBである」というときの「である」にあたる言葉で、AとBを繋《つな》いでいる。この繋がりは、近代では同じ社会の人間が納得しうる合理的な関係に留まっていて、繋辞もおとなしくこの慣習に従っている。だが中世ではそうではなかった。合理的な関係とともに不合理な関係をも伝える役割を担っていた。教会の図像から錬金術まで、何であれ異種のものを混ぜ合わせ接合したがっていた時代である。「狂気の人」と「正常な人」が村落共同体やゴシック都市のなかで共存し対話を交わしていたのだ。繋辞もまた冷静な関係だけでなく、性の交わりと理解されていた。「AはBである」というときに、この「である」にはBへ寄せるAの肉欲まで込められることがあったのである。

バタイユは、この繋辞に、常軌を逸した、そして矛盾した愛欲を運ばせる。「AはBを愛し、合体したい」。しかも彼が考えているのは、AがBのパロディになっていて、Bを愛しているという図なのである。早い話、「私は太陽である」と彼は冒頭で言い、また最後の方では「私はイエスヴィオ山なのだ。人を盲いさせる灼熱の太陽の汚れたパロディであるイエスヴィオ山なのだ」と叫ぶのである。

　パロディとは既存のものを笑いながら更新していく表現形式である。ここでは、その既存のものは「灼熱のまばゆい太陽」であり、その汚れたパロディが「イエスヴィオ山」である「私」だ。今、そのパロディである「私」が、笑いとばしたはずの太陽を振り返ってこれを愛し合体したいと欲している。なぜ、笑いとばしたものをあえてまた愛そうとするのか。この矛盾をどう理解したらいいのだろうか。

　太陽は、古今東西、信仰の対象になってきた。地上に向けて燦々《さんさん》と惜しみなく光を与え続けるこの天体は、他の何よりも崇高で貴重な存在であり、神格化されてきた。パロディは、そのような神格化され美化された太陽を笑って、その生命力を更新させる。正確に言えば、人間の側からの都合のよい解釈を剥《は》ぎ取って、太陽の生身の生命力を露呈させる。恐ろしいほど無意味に光を放ち続ける太陽である。干ばつ、腐敗、日射病をもたらし、直視すれば視力を奪う太陽だ。

　「イエスヴィオ山」である「私」はそのような裸の太陽のパロディなのである。この奇妙な言葉はバタイユの造語であり、イエスとヴェスヴィオ山よりなる。イエスとはこの場合、パウロの「十字架の神学」以前の生身のイエス、天上の神の救いを懇願しても得られず、神からの直接的な愛の介入を説いた自分の言動の無意味さを噛みしめるイエス、つまり十字架上で「わが神、わが神、なぜ私を見捨てたのですか」と叫びながら、脇腹の傷口から血を迸《ほとばし》らせて死んでいったイエスである。イタリアのヴェスヴィオ山もまたその噴火において溶岩やガスの無意味な放出を行なって、災害をもたらしてきた。

この太陽のパロディが、なぜまた太陽を愛するのか。それは太陽を丸裸にしたおかげで、このパロディなど問題にせず、逆にこれを追い越していく太陽の激しい理不尽さが見えてきて、これに「イエスヴィオ山」である「私」が魅せられてしまったからなのである。太陽が「イエスヴィオ山」よりももっと根源的に無意味なパロディを生み出し、しかもそのパロディに笑われ続けながらそのパロディを愛してやまないという理不尽さ。これに「私」は圧倒され、惚れ込んだということなのである。

13　太陽を見ていた人

太陽を永遠に笑い続ける太陽のパロディ。それが夜なのだ。一見まったく異なる存在であって、似て非なるというパロディの在り方からかけ離れているように思われるが、しかしニーチェに言わせれば「夜もまた一つの太陽なのである（Nacht ist auch eine Sonne）」（『ツァラトゥストラ』第四部、「酔歌」（直訳すれば「夢遊病者の歌」「夜をさまよう人の歌」Das Nachtwandler-Lied）、第一〇節）。じっさい夜は、太陽に劣らず生命の力に満ち溢れ、これを湧出させている。西欧では古来、観念界（イデア、神）との対比で物質の世界を夜とか闇と形容してきた。この場合の物質とは物質文明のそれではなく、古代の哲学者ならば「四元素」と呼んでいた自然界の基底をなす存在、つまり形にならず物体化しておらず、定めなく流れ、互いに無秩序に混ざり合っている泥や水などの非理性的な存在のことである。

ニーチェは、ツァラトゥストラ自身を太陽に重ね合わせながら、夜に寄せる太陽の愛欲を語っている。「愛したいと激しく求める欲望が私の内部にある」。「今や夜だ。ああ、私が光であらねばならないとは！　夜の闇への渇望、そして孤独であらねばならないとは！」（『ツァラトゥストラ』第二部、「夜の歌」）。

バタイユは、夜に対面できない太陽の不幸を、天体の運動に留意してもっと厳密に指摘する。地球上に夜が生じるのは、地球が自転していることと、太陽光が直線的に放射していることの結果であり、このため太陽がいくら夜を欲しても、夜に出会うことはない。実らぬ愛なのである。太陽は運命を耐え忍んでいる。しかしそれでも太陽は愛し続ける。バタイユに言わせればこうだ。


「太陽」は「夜」だけをひたすら愛し、地球へ、その光の暴力を、淫《みだ》らな男根を、差し向けている。だが太陽は、眼差しに、夜に、出会うことができない。地表の夜の広がりが絶えず太陽光の汚《けが》れに向けて進んでいるというのに。

（『太陽肛門』）


ここで「眼差し」が出てくるのはなぜなのか。太陽の愛欲に応える在り方として太陽を見るという所作があるからである。太陽直視のテーマが古代からあって、バタイユはそれを踏まえている。もちろん一七世紀フランスの箴言家《しんげんか》ラ・ロシュフーコーの言葉で、バタイユ自身好んでいた

「太陽も死も直視できない」にあるとおり、通常の人間は、大空に輝く太陽を正視できない。しかしそれだけに古代では崇高な能力として尊ばれた。例えば古代ギリシアでは鷲《わし》はその能力があるとして神のごとく尊ばれていた。フランスの考古学者で宗教史学者のサロモン・レナックが一九〇七年に発表した論文「プロメテウスの鷲」によれば、火を持たない人類のために天界に昇って火を盗んで地上に送り届けたギリシア神話の英雄神プロメテウスは、その出自を民間信仰のなかの鷲に持つ。上空高くに太陽を正視しながら飛んでいく鷲が、太陽信仰（太陽を神と仰ぐ信仰）に繋げられて、神格化されていたというのだが、その際レナックが重視するのは鷲の親子の間で一種の神明裁判（神によって裁きを下す裁判）がなされていたという民間伝承である。フロイトが一九一一年の論文「シュレーバー症例」（正式名称は「自伝的に記述されたパラノイアの一症例に関する精神分析的考察」）において典拠し、また何よりバタイユに大きな影響を与えた一節であるので、引用しておこう。

ギリシア＝ローマ時代の博物学者は競ってこう語る。全ての動物のなかで鷲だけが唯一、太陽を正視することができる。自分の子がこの試練に耐えられないときには、親鳥は巣からその子を追い払った、と。ここにはまさに、古代人が残した言い伝えで、血統の正当性を立証するための試練あるいは神明裁判に似たものがある。ギリシアの民衆の見方では鷲は太陽の息子とされていたようだ。

（サロモン・レナック「プロメテウスの鷲」）

バタイユは、太陽の正視をめぐる鷲の親子の関係を、自分の父親との関係に重ね合わせていた。パロディ化していたと言ってもいい。彼の父親の面差しは鷲によく似ていたのである。「父は先の尖った、手入れの悪い、灰色の口髭《くちひげ》を生やし、鷲のような大きな鼻と、じっと虚空を見つめる、窪んだ大きな眼をしていた」（『息子』）。開かれたままのその盲目の眼は、排便のときには、とりわけ大きく虚空に向かって見開かれ白目に転じたが、その「眼差し」をバタイユは太陽を正視する眼と解釈し、しかも鷲の親鳥のように息子に太陽を見るようにけしかけていたと想像していた。『太陽肛門』執筆直後の一九二七年六月ごろに、精神科医による治療の一環で書かれたと思われる断章（「夢想」と仮題がつけられている）の一節を引用しておく。睡眠時の夢に現れた地下倉庫の恐ろしい大鼠《ねずみ》が、幼少時に父親とともに降りた地下倉庫の追憶に結びつけられ、さらに父親の恐ろしい愛情表現（不気味に笑って幼児のバタイユを膝に乗せ、ズボンを脱がせて性器に悪さをする）の追憶へ繋がっていく文面である。

目覚めると私は、鼠への恐怖を父への追憶に結びつけた。父は私に体罰を食らわし、私は禿《はげ》鷲《わし》（私の父だ）の嘴《くちばし》で突《つつ》かれて血を流す小僧になっている。私の尻は剥き出しで、腹は血みどろだ。人の目をひどく盲《めし》いさせる追憶である。ちょうど、瞼を閉じた目に入ってきて赤一色に見える太陽と同じだ。私は想像するのだが、父自身、盲目でありながら、彼もまた太陽を、人の目を盲いさせる赤として見ている。（……）

父は私に平手打ちをくらわし、それで私は太陽を見る。

（「夢想」）

父への追憶はもはや幻想化されていて、正確な過去の回想ではない。バタイユがレナックの論文をいつ読んだかも定かではないし、ここで書かれている父親の教唆《きょうさ》がそのまま『太陽肛門』の執筆動機であったかどうかも確定できない。しかし盲目の父親が彼の心のなかで強迫観念となって蠢《うごめ》きだしたのは昨日、今日の問題ではなく、ランスに父親を置き去りにしてからであり、父親の死とともにそれは一段と強まった。しかも棄教してからバタイユは、この強迫観念に前面から対峙《たいじ》するようになるのである。

盲目で脊髄癆《せきずいろう》を病む父親の排泄を何度も手伝った記憶は、バタイユのなかに焼き付いて離れなかった。とくに虚空に向けて開かれる父親の異様に大きな白目は彼の心の底に棲み着いて、事あるごとに、彼の内部を混乱させた。

盲目でない人間であっても、太陽を直視すれば、一瞬とはいえ盲目になる。若いバタイユは、強烈な陽光を浴びるたびごとに（一九二二年のスペイン留学時にはとくにそうだった）、そしてまたプラトンの洞窟の囚人の譬話《たとえ》（洞窟の暗闇から出てきた囚人がいきなり陽光を見ると盲いてしまうのと同様に知の訓練なしにイデアを知ろうとしてもうまくいかないという『国家』第七章にある話）に接して、太陽と盲目の眼差しの問題を意識して、父親の追憶と結びつけていったと思われる。『太陽肛門』の後半にも出てくるが、「目（les yeux）」、「眼差し（le regard）」、「盲いさせる（aveuglant）」といった言葉、そしてもちろん「眼球（l'œil）」、「盲目の（aveugle）」といった言葉も、バタイユの個人史の地下水脈に通じる井戸のような奥行きを持っている。

14　「イエスヴィオ山」から肛門の光輪へ

ともかくも日々の陽光の体験に始まって、文化史から哲学史の知識、そしてシェストフの教えが、外部から入ってきて、バタイユの肉体と意識を通過し、それらの総合的なパロディとして『太陽肛門』は生まれた。このとき父親の追憶も強迫観念になって、パロディ産出の衝迫力になっていたと思われる。

最初に紹介した伊東四朗の師匠の言葉「冷たいご飯を食べて、暖かいウンチを出せるのは、いったい誰のおかげだと思っているんだ！」に即して言えば、「暖かいウンチ」が『太陽肛門』なのである。しかしこちらの場合、外部から入ってくる第一のものは、あまりに熱い陽光であり、産出されたパロディを愚弄しにかかる。じっさい、末尾では「イエスヴィオ山」である「私」では太陽にたちうちできなくなり、その「私」の喉は掻《か》き切られることになる。そして一八歳の女の肛門が新たなパロディとして打ち出されるのである。

私はそんな自分の喉を切り裂いてもらいたい。そして「お前は夜だ」と言い渡すことのできた娘を冒したい。（……）

太陽の光輪は、一八歳の彼女の肉体の無垢《むく》な肛門なのだ。この肛門と同じほど人を盲いさせ、この肛門に匹敵しうるものは、太陽以外にはない。ただし肛門は夜なのだが。

（『太陽肛門』）

とんでもない幻想が語られている。喉を切り裂かれ、死につつあるなかで、一八歳の女を強姦するというのである。その肛門は、左右の尻の肉に埋もれたままであるから夜の光輪である。しかも交接などに使われたことのない「無垢な肛門」であり、それだけに眩《まばゆ》く、見る者を盲いさせる。だから盲目になるまで正視し続けねばならない。そうして夜の太陽を見ながら、聳《そそ》り立つ陰茎を陰門に差し入れて、命が果てるまで出し入れのピストン運動を続けるというのである。

あんまりな光景ではないか。教育上まったくよろしくない。粗暴で時代遅れの男根主義者。こんなことを書いただけでもうセクハラだ。カフカやサドを焚書《ふんしょ》にすべきか、といった議論が第二次世界大戦後のフランスで起きたそうだが、彼ら以前にこの作品を焼いてしまうべきだろう。一〇〇部限定だから回収して燃やす作業も簡単だ。

こういった物言いはこの作者にはまったく通じない。どれも近代社会の延命のモラルのなかで語られているだけであり、作者はその外に出て、広大な宇宙の動きとともに交接を実感している。上空の大気と海の交接。太陽をめざして勃起する樹木の群れ。地震は大地の自慰行為と考えるバタイユにとって、もはや人間一人の延命に役立つか否かといった話は次元が低すぎる。

そもそも彼は、太陽肛門という太陽のパロディにこだわらず、これも裸身の太陽には至らないと思うようになっていく。この後、彼は「頭頂眼《ずちょうがん》（l'œil pinéal、「松果体眼」とも）」という新たなパロディを創出して、特異な神話を書き出すことになる（一九三〇年代前半に位置づけられる未完成の遺稿群）。精神科医の治療を受け「何とか生きていける人間」になったというのに、バタイユはまた頭の頂きに開かれた大きな眼球で太陽を直視する幻想に憑かれていくのである。

15　合一の不可能性が生む豊饒

愛欲とその合一の不可能性は『太陽肛門』のパロディと併走する重要なテーマである。最後に少し触れておこう。

「打ち捨てられた靴の片われ、虫歯、低すぎる鼻、主人に供する食べ物にツバを吐く料理人」。こういった存在まで愛欲の対象になると作者は言う。ダダイスムやシュルレアリスムをくぐったから、そう言えるのかもしれない。男性用の便器を《泉》の題名で展示したのはダダイストのデュシャンであった。ただし便器そのものは同じであっても、トイレにあったときとは別の存在感を呈した。似て非なるもの、つまりパロディになったのである。デュシャンはあえてこの変化を狙ったわけだが、しかし重要なことに、環境を変えずとも、外部の対象がその人の肉体と意識を通過しただけで、似て非なるイメージや想念が表出されてしまうのである。

『太陽肛門』の中盤あたりにはベッドを同じくして愛し合う男女の感情が描かれているが、結局、どれほど愛し合っていても、人は互いに自分の思いを相手に投影して見ているだけだとなる。

彼らがお互いの存在を貪《むさぼ》るように探しあったところで、うまくいきはしないだろう。せいぜいパロディ風のイメージしか見つけ出せず、それぞれ鏡像のように空虚な像になって眠りこけるのがおちなのだ。

（『太陽肛門』）

ここでは補足も必要だろう。「鏡像のように空虚な像」とはいっても、相手の上に投影されたパロディは、ニーチェが見て取っていたように、自分の意識と、「自分の」とは言い切れない生命の合作である。通常、人間の意識は自己に張り付いているから、自分と他者という対立関係に置かれてしまう。この対立を「不幸な」状態とみなし、これを止揚《しよう》して自他の意識の合一へこそ至るべきだとしたのがヘーゲルの一八〇七年の作品『精神の現象学』である。その後の近代人の努力は各方面でこの合一に向けて行われた。

だが他方で、「自分の」とは言い切れない生命がパロディにアウラ（光輝）を与えている。外部の生命と呼応して、次々に新たなパロディを生んで、様々にアウラを輝かせていく。

誰それの、と限定できない生命を生きているからこそ生じる自他の不合一と輝き。それぞれの個性が放つアウラは、両者が別々でありながら別々でないことを明かしている。太陽と尻の穴の不合一は誰の目からみても明瞭であるが、バタイユはアウラを発するものとして両者を呼応させた。法のもとに他者の群を一つの形へまとめる近代の合一主義とは異なる共同性をバタイユは本作品ですでに模索し始めている。「交わり」(『内的体験』)、「不定形の共同体」(『ニーチェ覚書』)、「私の**共同体の不在**」(「取るか棄てるか」拙訳『ランスの大聖堂』所収)、「否定的共同体、すなわち共同体を持たない人々の共同体」(『内的体験』「追記―一九五三年」のための草稿)と後年彼が記すことになるテーマが本作品の根底に胚胎している。

この『太陽肛門』の原典には画家アンドレ・マッソンによるドライ・ポイントの無題の版画が三葉挿入されている。対になった複数の獣がそれぞれ見つめあい、接吻し、性交する様子が奔放な線で描かれている。実物の形態を模倣して正確に輪郭線を描く「線の美学」のパロディである。そして何よりもバタイユの本文に対するパロディなのだ。雑誌『ドキュマン』でも豊富に挿入された図版が各論文のパロディになっていたのと同様に、ここでもマッソンの絵がパロディとなってテクストの世界を楽しげに豊饒にしている。

こうしたパロディの多様なる豊饒をバタイユはやがて経済学として新たに捉え直していった。『太陽肛門』は、地球全般の余剰エネルギーとその蕩尽を説く彼の「全般経済学」の出発点にもなっている。じっさい、一九四九年出版の『呪われた部分――全般経済学試論・蕩尽』の見開きページにある自著紹介欄の筆頭にバタイユは『太陽肛門』を堂々と記していて、目を引く。

ポスト・バタイユに目を転じれば、ピエール・クロソウスキーの「シミュラークル(模像)」

アンドレ・マッソンの挿画（『太陽肛門』1931）

の概念はバタイユのパロディに近いし、ジャン＝リュック・ナンシーの共同体論の核にある、分裂と分有を意味する「パルタージュ」も、合一や同一性と違う理念である。まったく別個の個人の冷めた隣接というこことでもない。引き裂かれて溢れ出てくる情念を共有しながら互いの相違を、生命で輝く相違を、認め合うという発想である。全面的な合一には到らずとも、生命の交わりを説くバタイユのパロディ論は、現代の共同体論の根源にあって、今なお私たちに示唆を与えている。

今私たちは、高度な複製技術がもたらすアウラなき同一物のなかを、ただその便利さに心身ともに冒されて生きている。そうした近代人の作る組織は恐ろしい。人間までパロディの可能性を抹殺されコピー扱いされていくのだから。そうして私たちは「死んだ物質」になって相互に安心している。「暖かいウンチ」を日々出しているように、自分の肉体と意識から「別な面」を、輝くパロディを、放つことができるというのに。

『太陽肛門』の拙訳が読者の心の「別な面」へのささやかな刺激になればと念じている。「遠回りして帰ろう」と歌っていたころの余裕が別な姿で甦れば、こんな素晴らしいことはない。バタイユの目指すところは書物の彼方、夜のコミュニケーションなのだから。「すべての書物の彼方へ私たちを一度もつれていくことのできない書物など、どうでもいい」（バタイユ『ニーチェ覚書』［四］として引用されたニーチェの『悦ばしき知識』二四八の断章）。

＊＊＊＊＊

本書はパリのシモン画廊出版から一九三一年に出版された『太陽肛門』の全訳である。便宜上、一〇〇部限定と紹介したが、初版の奥付によれば同時に何冊かの特装版が製作されている。訳出にあたってはガリマール社版全集も参考にした。既訳としては生田耕作氏による御高訳があり、多くを学び、参考にさせていただいた。先に翻訳した『ヒロシマの人々の物語』『魔法使いの弟子』とは異なり、本書では拙訳の下段に訳注を開いた。作品の性質を検討して、今回は読者に一字一句ついてきてほしいと思ったからである。バタイユが吟味《ぎんみ》した言葉や情念、意図を参照しやすくなっていれば幸甚である。なお、『太陽肛門』の購入申込み書に添えられた過激な断章（おそらくバタイユが書いたもの）があり、巻末に資料として紹介しておく。

私の夜歩きの習性は相変わらずである。この解題を書くうちに、厳冬は去って夜の神社に花の香りも漂うようになった。一〇代後半から何かに憑かれたように独り言と鼻歌を繰り返し、夜道をさすらうようになった。実人生もそんなだったな、と思いながら、今夜もまたこれから、夜の世界へさまよいでるところである。

二〇一八年三月の真夜中に　　酒井健

もしも人が太陽の輝きを恐れるあまり、太陽が男根の亀頭のように紅色で、えげつなく、亀頭の尿道口のようにぱっくり口を開け、尿を放出しているのを**見る**（――真夏に、自分自身汗まみれの真っ赤な顔をして――）ということを一度もしたことがないのならば、おそらく自然の唯中で、疑問でいっぱいの眼をさらに続けて見開いたところで**無駄**だろう。じっさい自然は、エロ本屋の店頭で人目を引きつける美人の女調教師たちのように色気をふりまきながら、何度も鞭を振るって人々に応えているのだから。

『太陽肛門』が出版される際の申込受付書に添えられた断章

ジョルジュ・バタイユ（一八九七—一九六二）

二〇世紀フランスの総合的な思想家。小説、詩も手がける。生と死の狭間の感覚的かつ意識的体験に人間の至高の可能性を見出そうとした。その視点から、エロティシズム、芸術、宗教、経済など、人文系の多様な分野で尖鋭な議論を展開した。キリスト教神秘主義、シュルレアリスム、ニーチェ哲学などに思想の影響源がある。著作としては雑誌『ドキュマン』発表の諸論考（一九二九—三一）、『無神学大全』（『内的体験』（一九四三）、『有罪者』（一九四四）、『ニーチェについて』（一九四五））、『呪われた部分』（一九四九）、『ラスコー、あるいは芸術の誕生』（一九五五）、『マネ』（一九五五）、『文学と悪』（一九五七）、『エロティシズム』（一九五七）、『エロスの涙』（一九六一）などがある。

酒井健（さかい・たけし）

一九五四年東京生まれ。現在、法政大学文学部教授。著書に『バタイユ そのパトスとタナトス』（現代思潮社）、『バタイユ入門』『ロマネスクとは何か』（ちくま新書）、『ゴシックとは何か』（ちくま学芸文庫）、『バタイユ』『夜の哲学』『バタイユと芸術』（青土社）、『シュルレアリスム』（中公新書）、『死と生の遊び』（魁星出版）、『「魂」の思想史』（筑摩選書）、『特講 私にとって文学部とは何か』（景文館書店）など。バタイユの訳書に『至高性』（共訳、人文書院）、『ニーチェについて』（現代思潮新社）、『純然たる幸福』『ランスの大聖堂』『エロティシズム』『ニーチェ覚書』『呪われた部分』（ちくま学芸文庫）、『ヒロシマの人々の物語』『魔法使いの弟子』（景文館書店）。

太陽《たいよう》肛門《こうもん》

二〇一八年 五 月一二日 初版発行
二〇二二年 三 月 一 日 二刷発行

著　者　ジョルジュ・バタイユ
訳　者　酒井健
発行所　景文館書店
愛知県岡崎市牧平町岩坂四八—二二
mail@keibunkan.com
発行者　荻野直人
印刷製本　大日本印刷株式会社

ISBN 978-4-907105-07-5　C0010
乱丁・落丁本は送料弊社負担にてお取替えいたします。